ख्वाब

आर्ची आडवाणी सैनी

ISBN 979-888569893-1

मैं अपना काम अपने पिता को समर्पित करना चाहती हूं। इसलिए नहीं कि वही है जो मुझे प्रेरित करता है, बल्कि इसलिए कि वह वही है जिसने मुझे जो मैं हूं उसके लिए समर्थन किया। वह कोई और नहीं बल्कि संजीव आडवाणी हैं। पिता, मेरे निर्माता, और मेरे महान शिक्षक, जिन्होंने मुझे जीवन का उद्देश्य सिखाया। जो मुझे आशा और समर्थन की रोशनी के साथ, अंधेरे की घाटी से निकालना जानते हैं, जो मेरे साथ खड़े होते हैं जब चीजें धूमिल होती हैं। और वह मेरा साथ देना कभी नहीं भूलते है।

क्रम-सूची

प्रस्तावना

इसमें 2 मुख्य पात्र होंगे जो आकृति शर्मा और प्रकृति शर्मा हैं, दोनों जुड़वां बहनें हैं। कहते हैं हम अपने सपने के लिए कुछ भी कर सकते हैं और कभी-कभी उन सपनों के लिए हमें उन सपनों को ही छोड़ना होता है।

मां बाप से जरूरी कोई नहीं होता पर कभी-कभी खुद पर ध्यान देना भी गलत नहीं होता।

हम जिंदगी तो जी लेते हैं पर हमें यह पता नहीं होता कौन सा पल हमारी जिंदगी का आखरी पल हो।

तो अगर हो सकता है तो उस सपने को पूरा करो अधूरा मत छोड़ो क्योंकि कोई भरोसा नहीं कि अगले पल जिंदगी हो या ना हो और अगर तुम्हारा सपना सही होगा तो तुम्हारे माता-पिता तुम्हारा साथ देंगे।

लेखिका आर्ची आडवाणी सैनी

आर्ची आडवाणी सैनी
    [ ] "द लोइस ऑफ पोएट्री" पुस्तक के लेखक
    [ ] सोशल मीडिया "आर्ची आडवाणी सैनी"
    [ ] मेष, भाग्य में विश्वास करते हैं।

आर्ची का जन्म 25 मार्च 2002 को संजीव आडवाणी सैनी और उनकी पत्नी ममता सैनी की बेटी के रूप में हुआ था। वह गृहनगर कन्धला की सबसे कम उम्र की लेखिका बन गईं। "कविता का भार" के लिए प्रसिद्ध लेखिका ने अपने लेखन यात्रा में कई प्रतिष्ठित पुरस्कारों की प्राप्तकर्ता, दुनिया भर में पुस्तक बेची है। आर्ची आडवाणी कई अन्य प्लेटफार्मों पर अपने लेखन के लिए जानी जाती हैं। आर्ची आडवाणी, एक चैनल भी होस्ट करती है जहाँ वह कहानी कहने के अपने जुनून का उपयोग करती है। अपने आप से कहानियाँ बनाना। और अपनी आभासी दुनिया में रहना पसंद करते हैं।

1

नमस्कार मैं प्रकृति शर्मा, आकृति शर्मा की बहन। आदेश हॉस्पिटल बेड पर बैठे बैठे, मुझे आकृति की बहुत याद आ रही है। वैसे तो उसे मुझसे दूर गए केवल 7 घंटे 24 मिनट ही हुए हैं लेकिन ऐसा लग रहा है कि कई अरसे हो गए हो!

मैं और आकृति अंकुर शर्मा और राधिका शर्मा की जुड़वा बेटियां हैं। अंकुर शर्मा पेशे से अध्यापक है और राधिका शर्मा गृहिणी। वो अपने विद्यार्थियों को "बेटी बचाओ, बेटी पढ़ाओ" और "हम दो हमारे दो" का पाठ सिखाते थे। शायद इसीलिए उन्होंने हम दोनों के बाद कभी भी एक और बच्चे की प्लानिंग नहीं की।

आकृति मुझसे पूरी 8 मिनट 3 सेकंड बड़ी थी। हम दोनों जुड़वा जरूर है लेकिन ना तो हमारी शक्ल एक जैसी है ना ही अक्ल। वो बचपन से ही बहुत शांत, होशियार और पापा को ज्यादा प्यारी थी और मैं तो बिल्कुल इसका उल्टा, ऐसा नहीं है कि पापा मुझसे प्यार नहीं करते, पर गुस्सा ज्यादा करते, मेरी हरकतें देखकर।

आकृति को रनर बनना था, भारत के लिए ओलंपिक में गोल्ड मेडल ? लाना था।

मुझे आज भी याद है जब वो पहली बार भाग दौड़ के प्रति आकर्षित हुई थी। हम 9 साल 8 महीने और 15 दिन के थे। मैं और आकृति बाहर लॉन में खेल रहे थे। अचानक मैंने अपने हाथों में मिट्टी ली और आकृति के पीछे दौड़ने लगी। आकृति, शुक्ला अंकल की खिड़की के पास जाकर रुक गई। वो खिड़की हमारे घर के लॉन को और शुक्ला अंकल के

घर के हॉल को जोड़ती थी। खिड़की के ठीक सामने दूरदर्शी लगा हुआ था। दूरदर्शी में एथलीट चैंपियनशिप चल रही थी। आकृति वहीं रुककर दूरदर्शी देखने लग गई। मैंने पूरी मिट्टी उसके सिर पर डाल दी लेकिन वो हिली तक नहीं। मुझे अजीब लगा इसलिए मैं उसके और करीब जाकर खड़ी हो गई। वो दूरदर्शी में कुछ देख रही थी। मुझे कुछ समझ नहीं आया। ध्यान से दूरदर्शी में देखा तो पाया कि कुछ लोग बस दौड़ रहे हैं। मेरे लिए उस वक्त... क्या आज भी एथलेटिक्स काला अक्षर भैंस बराबर है।

मैंने ध्यान से आकृति को देखा, वो चैंपियनशिप को ऐसे देख रही थी जैसे चकोर ने जीवन में पहली बार चांद को देखा हो और देखते ही उसके प्रति आसक्त हो गया हो!

इससे पहले कि कोई उस चैंपियनशिप में जीतता, उससे पहले बिजली चली गई।

2

आकृति को थोड़ा दुख हुआ कि वह चैंपियनशिप को पूरा नहीं देख पाई। रवि भैया को बुलाया। रवि भैया शुक्ला अंकल के इकलौते बेटे है। वह हमसे पूरे 5 साल 11 महीने बड़े हैं। वह खिड़की के पास आए।

आकृति : भैया! को टीवी में क्या आ रहा था?

रवि भैया (हंसकर) : पहले यह बता कि ये क्या हालत बना रखी है तूने ?

मैंने आकृति को देखा। वह पूरी तरह मिट्टी से भरी हुई थी। आकृति कुछ कहती उससे पहले ही मैं गुस्सा होकर बोली : "पहले सवाल आकृति ने किया था तो पहले आप जवाब दो।"

रवि भैया: अच्छा ठीक है मेरी मां! ये ओलंपिक चल रहे हैं ना तो उसी का एक भाग है।

आकृति : ओलंपिक!

रवि भैया : हां! और उसे एथलेटिक्स कहते हैं।

आकृति आगे कुछ पूछ पाती उससे पहले ही मां ने हमें बुला लिया।

अगले दिन स्कूल जाते वक्त रवि भैया मिल गए। तेरे से तो वह हमारे स्कूल में पढ़ते थे लेकिन हम से पहले स्कूल जाते थे। फिर सिंह क कहानी चल पड़ी। मैंने लाख कोशिश की लेकिन कुछ पल्ले नहीं पड़ा। अब तो यह रोज का नियम हो गया था। इस बार में उनकी बातें समझने की बजाय गाना गाने लग जाती।

जिस तरह से आकृति को एथलेटिक्स से प्यार था, मुझे भी गाने का बुखार था।

जहां आकृति को उसैन बोल्ट की तरह बनना था, वैसे भी मुझे भी आतिफ अस्लम के साथ बस एक गाना गाना था।

एक दिन स्कूल में एक बहुत बड़ी घोषणा हुई। रवि भैया का स्टेट क्रिकेट टीम में सिलेक्शन हो चुका था। मैं और आकृति बहुत खुश हुए। उस दिन रवि भैया ने हम दोनों को पापा को अपने-अपने सपना बताने को कहा।

पहले हम डर गए थे लेकिन बाद में रवि भैया ने हमें मना लिया था। हमने तय किया कि हम आज शाम को ही पापा को सब बता देंगे।

शाम को घर का माहौल बहुत ज्यादा गंभीर था। जैसे ही पापा घर के अंदर आए, दोनों के दिल जोर-जोर से धड़कने लगे। जैसे तसे पापा को हिम्मत करके बोलने वाले ही थे कि मां ने काली बिल्ली की तरह रास्ता काट दिया।

मां : अपने रवि का राज्य टीम में चयन हुआ है।

पापा : तो ?

मां : तो क्या ? इतनी खुशी की बात है यह तो।

पापा : राधिका जी आप यह अच्छी तरह जानती हो कि हमें खेलकूद पसंद नहीं। जब तक स्कूल की तरफ से खेल रहा था तब तक तो ठीक था। इससे ज्यादा पसंद ना तो हमें कभी था और ना ही होगा।

मां : ये आप क्या कर रहे हैं? देखते नहीं रवि ने कितनी बड़ी उपलब्धि हासिल की है।

पापा : हमारा हमेशा से एक ही सिद्धांत रहा है... "पढ़ोगे लिखोगे बनोगे नवाब, खेलोगे कूदोगे होंगे खराब!"

और तुम दोनों हम से ऐसी कोई उम्मीद मत रखना। समझी! पढ़ लिख कर बहुत अच्छा इंजीनियर बनना है तुमको!

3

पापा की इंजीनियरिंग वाली बात सुनकर हम दोनों ने हां में सर हिला दिया क्योंकि इससे ज्यादा कुछ करने की हिम्मत हममें नहीं बची थी। अगले दिन रवि भैया को सारी घटना हूबहू बता दी गई। बहुत देर सोचने के बाद एक विचार आया।

रवि भैया: कुछ दिनों बाद हमारी स्कूल में वार्षिक समारोह होने वाला है। इस बार नृत्य, गायन, नाटक के अलावा खेल भी होंगे। तो कैसे भी करके आकृति तुम स्पोर्ट्स में भाग ले लो और प्रकृति तुम गायन में।

हम दोनों को आईडिया पसंद आया। और एक विचार बनाया गया। प्लान के मुताबिक पहले मां को मनाया गया और फिर मां ने पापा को मनाया। हम दोनों तैयारी में जुट गए। और आखिर में वह दिन भी आ गया जब हम अपना टैलेंट पूरी स्कूल को दिखाने वाले थे। हम दोनों ही अपनी-अपनी फील्ड में फर्स्ट आए थे। हमने पापा को अपनी अपनी ट्रॉफी दिखाई तो वो बस हल्का मुस्कुरा दिए। शायद हमारा दिल रखने के लिए।

आकृति और मैं दोनों खुश थे। अब तो हममें आसमां सी बुलंद ऊंचाइयों पर पहुंचने की इच्छा और ज्यादा होने लगी। हम स्कूल तक ही सीमित नहीं रहना चाहते थे। हमें तो पूरी दुनिया के सामने आना था। लेकिन पापा के खिलाफ जाने की आकृति की कभी हिम्मत ही नहीं हुई। और आकृति को देखकर मेरी भी हिम्मत नहीं हुई।

कुछ महीनों बाद रवि भैया को अपने आगे की ट्रेनिंग के लिए जयपुर जाना पड़ गया। पर जाते-जाते उन्होंने हमसे जो कहा उस बात में हमारी

लाइफ बदल दी।

रवि भैया : "जिस सपने के लिए तुम खुलेआम प्रयास नहीं कर सकते उसके लिए छुप कर प्रयास करो।" मुझे पूरा यकीन है जब अंकल को तुम्हारी काबिलियत का पता चलेगा तब वह जरूर मान जाएंगे।

अब हम वही करने लगे जो रवि भैया ने हमसे कहा था। छुप छुपकर अभ्यास करने लगे। आकृति सुबह 2:00 बजे उठकर अभ्यास के लिए शहर की पूरी गलियों में दौड़ती। पापा के उठने का वक्त 5:00 बजे होता था। तो वो 4:00 बजे तक वापस आ कर सो जाती। और मैं स्कूल से वापस आकर ना केवल आतिफ असलम के गाने बल्कि लगभग सारे गायकों के गाने सुनने और गाने लग जाती।

और आकृति अपनी किताब हाथ में लेकर सीढ़ियों पर चलती। कभी नीचे तो कभी ऊपर। वह किताब हाथ में लेकर पढ़ती थी या नहीं, इसके बारे में तो मैं कुछ कह नहीं सकती। पर हर साल जिस तरह से वो कक्षा में टॉप करती; उस हिसाब से तो यही लगता है कि वह उस वक्त भी पढ़ती थी। और पापा के आते ही आकृति वहीं सीढ़ियों में बैठकर करने लग जाती और मैं गाने बंद करके। अगर आतिफ असलम का गाना चल रहा होता तो उसे बदल कर के लता मंगेशकर, किशोर कुमार या अरिजीत सिंह के गाने लगाने पड़ते। क्योंकि पापा को आतिफ असलम बिल्कुल पसंद नहीं था। क्योंकि वो मुसलमान है या फिर वह पाकिस्तान से ताल्लुक रखता है। इसलिए पापा को कभी अपने सपनों के बारे में नहीं बताया।

4

साल बीतते गए। हमारा ये लुका-छिपी का खेल चलता रहा। आकृति हर साल क्लास में टॉप करती। साथ ही दौड़ने में भी। और मैं बस गायन में ही टॉप कर पाती। आखिर वह दिन भी आ गया जब हमारा 10th बोर्ड का रिजल्ट भी आ गया। आकृति ने पूरे स्कूल ही नहीं... पूरे बोर्ड को टॉप किया था। उसको 98.83% और मैंने सिर्फ 89.59% ... पूरे 9.24% का अंतर था। पर मुझे कभी इस बात से फर्क ही नहीं पड़ा कि वो हर फील्ड में मुझसे बेस्ट है। अब तो पापा का हमें इंजीनियर बनाने का इरादा और पक्का हो गया था इसलिए 11th में विषय विज्ञान के रूप में चुना गया। पर ये सब हमें हमारी मंज़िल तक पहुंचने से नहीं रोक सकते थे। इस बार खेल दिवस पर होने वाले दौड़ प्रतियोगिता में जीतने वाले को राज्य टीम पर दौड़ने का मौका मिलने वाला था। इसलिए आकृति अपनी तैयारी में जुट गई।

एक दिन सुबह जब वह अभ्यास के लिए गई तो पापा ने उसे जाते हुए देख लिया। आकृति अभ्यास पर जाने से पहले मुझे जगाया करती थी। उस दिन भी वैसा ही हुआ। मैं वापिस सोने ही वाली थी कि पापा आ गए।

पापा : आकृति कहां है?

पापा के इस सवाल ने मुझे पूरी तरह डरा दिया। मैंने डरते हुए कहा "वो... पापा... आकृति... पूजा से नोट्स लेने गई है। वो आज हमारे फिजिक्स का टेस्ट होने वाला है ना तो...!"

पापा : ठीक है फिर आज मे भी तो देखूं ऐसा क्या है उन नोट्स में जो वो रात के 2.00 बजे घर से चली गई।

जब तक आकृति घर वापिस नहीं आई, तब तक पापा वहीं बैठे रहे। उन्हें वहां देखकर मेरी नींद तो वैसे भी उड़ गई थी तो टेस्ट वाली बात को सच साबित करने के चक्कर में मैं पढ़ने बैठ गई। आकृति ठीक 4 बजकर 9 मिनट पर घर आई।

जब कमरे में उसने पापा को देखा तो वो मुझसे भी ज्यादा डर गई थी। शायद आकृति मेरी बात समझ गई थी।

आकृति : नहीं, वो सो रही थी तो मैं वापिस आ गई।

पापा : पिछले ढाई घंटे से तुम घर से बाहर हो, और तुम्हारी उस दोस्त का घर तो पास में ही है ना!

आकृति : वो... पापा..., मैं फिर प्रियंका के घर चली गई थी। वो पढ़ रही थी तो मैं भी उसके साथ पढ़ने लग गई थी और... टाइम का पता ही नहीं चला।

आकृति ने अपनी जिंदगी में पहली बार झूठ बोला था। इसलिए वो पकड़ी गई।

पापा : तो प्रकृति की तरह तुम भी झूठ बोलने लगी!

(पापा ने लगभग चिल्लाते हुए कहा, "सच बताओ!")

आकृति डर गई और सब कुछ सच सच बता दिया। उस दिन पापा ने पहली बार आकृति पर हाथ उठाया था। मैं भी बहुत ज्यादा डर गई थी। उतने में मां आ गई थी। मां को देखकर मुझे कुछ हिम्मत मिली।

मां : क्या हुआ?

पापा : आपकी ये बेटी रोज रात को 2 बजे छुप छुपकर दौड़ने का अभ्यास के लिए जाती है। और ये इसका यह सच छिपाती है।

आकृति रोये जा रही थी और मैं कुछ नहीं कर पा रही थी।

पापा : आज के बाद दोनों स्कूल की किसी भी गतिविधि में भाग नहीं लेंगी। और तुम्हे क्या बनना है, पापा ने मुझसे गुस्से में पूछा। उस वक्त मेरे मुंह से केवल इंजीनियर निकला।

मां ने कुछ नहीं कहा क्योंकि उन्हें शायद दुःख था की हमने उनसे ये सब छिपाया और झूठ भी बोला।

उस दिन हम स्कूल नहीं गए थे। पूरे दिन आकृति रोने लगी। उसे इस हालत में देखकर मैं पूरी तरह टूट चुकी थी। पर आकृति के लिए मैंने

खुदको संभाला।

5

उस दिन के बाद आकृति अलग अलग रहने लगी थी। पूरा दिन किताबों के साथ लगी रहती। लेकिन उसका पढ़ाई से फोकस हट चुका था।

खेल दिवस को केवल 5 दिन बचे थे। आकृति का ध्यान क्लास में कम और खेल का मैदान में ज्यादा रहता था।

उस दिन गणित की क्लास में सर ने मैट्रिक्स शुरू किया था। आकृति का पसंदीदा था मैट्रिक्स पर उसका ध्यान तो क्लास में था ही नहीं। हमारे गणित के शिक्षक नरेंद्र सर ने उसका नाम दो बार शांति से पुकारा, पर वह सुन ही नहीं रही थी। तो तीसरी बार में ऐसे बुलंद आवाज में पुकारा कि शायद आसपास की सभी क्लासों में सुनाई दे गया। आकृति हड़बड़ा कर खड़ी हुई। सर ने आकृति से मैथ्स का सिंपल सा क्वेश्चन पूछा। लेकिन आकृति उसका उत्तर नहीं दे सकी। और सवाल आसान इसलिए था क्योंकि उसका उत्तर मुझे भी पता था।

उस दिन पहली बार ऐसा हुआ था कि आकृति को किसी टीचर से डांट पड़ी हो। अगर मेरे साथ यह होता तो शायद कॉमन होता। पूरी क्लास आश्चर्य थी की आकृति को सर ने डांटा। शिवाय एक के, रिया, जो आकृति की प्रतिद्वंद्वी थी। हर वक्त आकृति को गलत और खुद को सही दिखाने की कोशिश करती।

क्लास को एक और झटका तब लगा जब कोच साहब आकृति को अभ्यास के लिए बुलाने आए और आकृति ने इस बार चैंपियनशिप में भाग लेने से मना कर दिया। मौके का फायदा उठाने के लिए रिया ने

चैंपियनशिप में भाग ले लिया। क्लास खत्म होने के बाद जब सर क्लास से चले गए तो रिया को मौका मिल गया आकृति को ताना मारने का। छोटा सा ब्रेक होने के कारण कोई भी टीचर क्लास में था नहीं।

रिया : अरे सुनो दोस्तों! पिछले 6 सालों की चैंपियन आकृति ने इस बार चैंपियनशिप में भाग नहीं ले रही है। बहुत दुख की बात है, लगता है कि पहले ही पता चल गया था कि रिया राठौड़ इस बार चैंपियनशिप में भाग लेने वाली है। इसलिए पहले ही पीछे हट गई।

रिया की बातें सुनकर मुझे बहुत गुस्सा आया। मैं उसे जवाब देना चाहती थी लेकिन आकृति ने मेरा हाथ पकड़ लिया।

रिया : क्या हुआ प्रकृति! गुस्सा आ रहा है ? पर क्या करें अब यही सच है।

आकृति : ऑल द बेस्ट रिया! अच्छे से दौड़ना। और शायरा से जरा बचके रहना। वह दौड़ते वक्त तुम्हें गिराने की जरूर कोशिश करेगी।

रिया : शायरा आकृति शर्मा को गिरा सकती है रिया राठौड़ को नहीं। आज तक आकृति शर्मा इसलिए जीतती थी क्योंकि रिया राठौड़ उसके सामने प्रतिद्वंद्वी नहीं थी। और मुझे ना तो शायरा हरा सकती है और ना ही तुम।

मेरे सब्र का बांध टूट गया और मैंने गुस्से में कहा बहुत हुआ रिया! तुम समझती क्या हो अपने आपको। तुम्हें लगता है कि आकृति तुम्हे इस चैंपियनशिप में हरा नहीं सकती, तो यह तुम्हारी सबसे बड़ी गलतफहमी है। आकृति इस बार चैंपियनशिप में भाग लेगी और जीतेगी भी। क्योंकि वह तुमसे बहुत बेहतर है। समझ आया।।

मैंने आकृति का हाथ पकड़ा और क्लास से बाहर चली गई।

आकृति : ये क्या कर रही हो प्रकृति?

(आकृति ने अपना हाथ छुड़ाकर कहा।)

मैंने कहा : कोच सर के पास जा रहे हैं, तुम्हारा नाम लिखाने।

आकृति : तुम्हे पता है ना पापा ने स्कूल गतिविधि में भाग लेने के लिए मना किया है और मैं उनके खिलाफ कभी नहीं जाऊंगी।

6

आकृति की बात सुनकर मेरा गुस्सा और ज्यादा बढ़ गया। क्या कहा! पापा के खिलाफ नहीं जाऊंगी। यह मत बोलो कि आज तक जो हमने किया अपने सपने को लेकर वह सब भी पापा के खिलाफ ही था। वो पापा हैं हमारे, वह जरूर समझेंगे; अगर हम समझाएं कि हमारा सपना ही हमारी जिंदगी है।।

"मुझे कुछ नहीं समझाना है उन्हें। मैं नहीं चाहती कि वह हमारी वजह से अपने सिद्धांत या खुद को बदलें। मेरे लिए पापा का सपना ही अब सब कुछ है और मैं उसे ही पूरा करूंगी।" तो जाओ और रिया से सॉरी कहो।

"क्या कहा! मैं सॉरी बोलूं रिया को!" कभी नहीं।

"और तुम्हे क्या लगता है एथलेटिक्स से दूर रहकर तुम इंजीनियर बन पाओगी?"

"क्या मतलब है तुम्हारा?"

"यही कि एथलेटिक्स तुम्हारी जिंदगी, तुम्हारा केंद्र, तुम्हारी समझदारी, तुम्हारा सब कुछ है।" एथलेटिक्स के बिना तुम कुछ भी नहीं हो।

"किसने कहा मैं कुछ भी नहीं हूं!" मैं आकृति शर्मा हूं; बोर्ड टॉपर।

"तुम भूल रही हो कि जब तुम बोर्ड टॉपर थी, तब दौड़ती भी थी। और जबसे तुम दौड़ पट्टी से दूर हुई हो ना, तबसे तुम्हारा केंद्र किताबों और क्लास से हट गया है। और just 15 मिनट पहले तुम्हे मैट्रिक्स का वो सवाल, जिसका जवाब मुझे भी पता था, वो तुम हल नहीं कर पाई, तो

तुम्हें क्या लगता है तुम ऐसे पापा का सपना पूरा कर पाओगी!"

"तुम रिया को जाकर सॉरी बोलो पहले; और अपना चुनौती वापिस लो।"

"तो ठीक है, मैं रिया को सॉरी बोल दूंगी, पर तुम्हे ये साबित करना होगा कि तुम दौड़ पट्टी और अपने सपने के बिना पापा का सपना पूरा कर सकती हो।"

"क्या करना है?"

"ज्यादा कुछ नहीं, बस अर्धवार्षिक परीक्षा में टॉप करना है। और अगर तुम ऐसा नहीं कर पाई तो तुम पापा को जाकर बता दोगी कि तुम्हे दौड़नेवाला बनना है, और उन्हे मनाओगी भी।"

फिर मैं और आकृति वापिस क्लास में चली गई। और मुझे ना चाहते हुए भी उस रिया को सॉरी बोलना पड़ा। और फिर हुआ वही जो मैं कभी नहीं चाहती थी, रिया चैंपियनशिप में जीत गई। और उसे मौका मिल गया आकृति को नीचा दिखाने का। पर मैं चुप रही, सिर्फ हमारी शर्त के कारण से।

आकृति पहले के मुकाबले अब ज्यादा पड़ने लगी। लेकिन अब उसका प्रदर्शन गिरता जा रहा था। और इस बात को मेरे अलावा कोई और भी नोटिस कर रहा था; हमारे कक्षा शिक्षक और भौतिकी शिक्षक देवेश सर। आकृति उनकी पसंदीदा छात्र थी। वो आकृति को बार बार समझाते।

अब तो शायद आकृति भी समझने लगी है कि वह एथलेटिक्स के बिना कुछ भी नहीं है; पर इस बात को शायद वो मंजूर नहीं करना चाह रही थी।

अब तो पापा ने हमारी ट्यूशन भी लगवा दी। एक दिन जब हम ट्यूशन से घर वापस आए तो हमने देखा कि घर पर रवि भैया थे।

मैंने खुश होकर कहा कि "रवि भैया! 4 साल 2 महीने और 14 दिनों के बाद आपको देख रही हूं।"

रवि भैया : तू बिल्कल नहीं बदली प्रकृति। आज भी वैसे ही हिसाब करती है जैसे बचपन में करती थी।

(हम तीनों हमारे रूम में चले गए।)

आकृति खुश थी लेकिन वो रवि भैया से कुछ नहीं बोली।

7

आखिरकार आकृति ने चुप्पी तोड़ी।

आकृति : आपका हाथ कैसा है अब? मां ने बताया कि प्रैक्टिस करते वक्त चोट लग गई थी।

रवि भैया : मेरे हाथ की चोट तो ठीक हो गई आकृति, पर तुमने जो मेरे दिल को चोट पहुंचाई है उसका क्या?

आकृति : क्या...मतलब... ?

रवि भैया : मतलब ये कि मैं जिस आकृति को यहां छोड़ कर गया था वो दौड़ पट्टी पर अपने सपनों का पीछा करते हुए दौड़ती थी, और जब आया हूं तो किताबों और ट्यूशन के पीछे दौड़ रही है एक बोझ के साथ!

आकृति : आप किस बोझ की बात कर रहे हो, इंजीनियर बनने का सपना मेरे लिए बोझ नहीं है, बल्कि मेरे सपने से भी ऊपर है मेरे लिए। मेरे पापा का सपना मेरे लिए कभी बोझ नहीं बन सकता।

रवि भैया : आकृति, मेरी बात ध्यान से सुनो! अंकल के सपने के लिए अपना सपना मत छोड़ो प्लीज!!

अपने सपने को सच करने की कोशिश तो करो तुम!

आकृति : सपना कभी सच नहीं होता!

रवि भैया : सपना सच हो सकता है अगर हम चाहो! कम से कम कोशिश तो करके देखो एक बार!

आकृति कुछ नहीं बोली तो मैंने कहा, आप रहने दीजिए रवि भैया। यह कोशिश ही नहीं करना चाहती है।

इसे छोड़ो आप मेरी सुनो.. मैं अपना एक यूट्यूब चैनल बनाने वाली हूं। और आपको पता है मैं एक ऐसा गाना लिखने की कोशिश कर रही हूं जिसको सुनकर आतिफ असलम खुद मुझे लेटर भेजेगा, जिसमे लिखा होगा कि "प्रकृति शर्मा क्या तुम मेरे साथ गाना चाहोगी?" और फिर मैं कहूँगी, "हाँ"।।

रवि भैया : क्या... ? तू आज भी उस पाकिस्तानी के लिए पागल है?

अब तो मेरा गुस्सा सातवें आसमान पर चढ़ गया।

"हां है वो पाकिस्तानी, तो! मुझे उसकी नागरिकता की परवाह नहीं है... ठीक है!

और आपका वो पसंदीदा क्रिकेट खिलाड़ी, क्या नाम है उसका.. हां डेविड वॉर्नर... वह एक ऑस्ट्रेलियाई है।

और आकृति तुम्हारा वो उसैन बोल्ट!... वह एक जमैकन है। तो तुम्हे बुरा नहीं लगा... बोलो?

जब तुम लोगों को बाकी देशों से कोई परेशानी नहीं है तो सिर्फ पाकिस्तान से ही क्यों? अब इस बात को तुम दिल पर मत ले लेना। मेरा मतलब है कि जब तुम दोनों को अपने- अपने आदर्श की नागरिकता से कोई परेशानी नहीं है तो मेरे आदर्श से क्या दिक्कत है और..."

रवि भैया : अरे बस कर मेरी मां! मेरे कहने का वो मतलब नहीं था, मेरा मतलब था कि बॉलीवुड में इतने सारे गायक है, तो तेरी घड़ी की सुई उस आतिफ असलम पर जाकर ही क्यों अटकती है?

मुझे एक बात बताओ आप कि योग्यता है तो धोनी में भी है और मिल्खा सिंह में भी है... तो आप दोनों को डेविड वॉर्नर और उसैन बोल्ट! ही क्यों पसंद है?

रवि भैया और आकृति एकसाथ : क्योंकि उनका खेलने का अंदाज अलग लगता है!

है ना, अंदाज ही वो चीज है जो आतिफ असलम में है। तुम ना कभी उसके गाने सुनना, तुम्हे लगेगा कि तुम, तुम नहीं हो.. और किसी अलग ही दुनिया में महसूस करोगे तुम खुदको। तुम्हारे दिल को सीधा छू जायेगी उसकी आवाज़। और हां बॉलीवुड भूल सकता है आतिफ असलम के योगदान को लेकिन मैं नहीं। मुझे इस बात से कोई फ़र्क नहीं पड़ता है कि वो मुस्लिम है या पाकिस्तानी... मुझे फर्क पड़ता है सिर्फ उसकी आवाज़ से।

(और हमारी बेमतलब की लड़ाई चलती रही)

(हमारे अर्धवार्षिक परीक्षा का समय सारणी आ गया, परीक्षा भी हो गए, सर्दियों की छुट्टियां भी बीत गया और फिर से स्कूल शुरू भी हो गया!)

एक दिन देवेश सर ने मुझे और आकृति को स्टाफ कक्ष में बुलाया।

देवेश सर : प्रकृति, स्कूल की तरफ से तुम्हे तुम्हारे यूट्यूब चैनल के लिए अनुमति दे दी है।

और आकृति ये तुम्हारा नतीजा, ध्यान से देखना और कल तुम्हारे माता पिता को साथ लेकर आना। मैं उनसे मिलना चाहता हूं।

8

भाग 8

आकृति ने अर्धवार्षिक परीक्षा में 78.83% हासिल किए। जब पापा ने आकृति का रिजल्ट देखा तब वह बहुत दुःखी हुए। पापा ने हमें कुछ नहीं कहा। अगले दिन वह हमारे साथ स्कूल आए और देवेश सर से मिले। हम दोनों भी साथ में ही थे।

देवेश सर : शर्मा जी! सच बताइए क्या बात है? आपके घर का माहौल तो ठीक है ना! आकृति का रिजल्ट लगातार गिरता जा रहा है। ना ही तो क्लास में उसका ध्यान होता है और ना ही पढ़ने में। देखने से तो लगता है कि यह पढ़ रही है पर सच्चाई कुछ और है।

पापा : आप लोगों से ही शायद कोई गलती हुई होगी। प्रकृति से जैसी उम्मीद थी वह वैसे ही नंबर लाई है तो आकृति से गलती कैसे हो सकती हैं! दोनों ट्यूशन भी जाती है।

देवेश सर : बात ट्यूशन की नहीं है शर्मा जी। और आकृति की उत्तर पुस्तिका 5-5 बार चेक कर चुका है पूरा स्टाफ! आकृति ने बेहद वाहियात तरीके से उत्तर लिखे हैं। इस तरह से यह 12th बोर्ड तो क्या अपनी क्लास में भी टॉप नहीं कर पाएगी!

आकृति मुझे बताओ तुम्हारी समस्या क्या है?

मैं बहुत समय से तुम्हे देख कर रहा हूं। तो बताओ तुम्हें क्या बात परेशान कर रही है।

आकृति ने कुछ नहीं कहा तो मुझे ही चुप्पी तोड़नी पड़ी। यह कुछ नहीं बताएगी सर, मैं ही आपको बताती हूं। आकृति का पढ़ाई पर ध्यान,

उसकी समझदारी, उसका प्रथम होना, ये सब तब तक था जब तक यह दौड़ पट्टी पर थी।

पर हमारे पापा की आदर्शवादी बेटी ने पापा के कहने पर अपने सपने को, दौड़ पट्टी को छोड़ तो दिया पर साथ में बहुत कुछ इससे छूट गया।

मुझे माफ़ करना पापा कि आजतक हमने आपको कुछ नहीं बताया। पर सच तो ये है कि आकृति इंडिया के लिए ओलंपिक में गोल्ड मेडल लाना चाहती है और मैं बहुत बड़ी गायक बनना चाहती हूं। आजतक आपको हमने इसलिए नहीं बताया क्योंकि आकृति नहीं चाहती थी कि आप हमारी वजह से झुके और आकृति के लिए मैं चुप थी। लेकिन आकृति के लिए ही आज मैंने चुप्पी तोड़ी है।

आपके बस एक बार कहने पर आकृति ने अपना सपना छोड़ दिया और पल पल मरती रही। प्लीज पापा हमें हमारे ड्रीम से दूर मत कीजिए प्लीज!

सर शायद मेरी बात समझ गए और उन्होंने हम दोनों को बाहर भेज दिया। और पापा से बात करने लगे। जिसका असर घर पर दिखा।

पापा ने हमें हमारे ड्रीम को पूरा करने की अनुमति दे दी पर एक शर्त के साथ।

पापा की शर्त थी कि हम पढ़ाई के साथ अपने ड्रीम पर तो काम कर सकते हैं लेकिन आकृति इंडिया के लिए ओलंपिक में नहीं खेलेगी और मैं अपना मास्टर गीत तब तक अपलोड नहीं कर सकती जब तक हम इंजीनियरिंग के फाइनल ईयर का एग्जाम नहीं दे देते और इसमें भी एक ट्विस्ट रखा कि हर साल हम दोनों को कालेज में टॉप करना होगा। टॉप नहीं तो ड्रीम नहीं। पापा को केवल डिग्री से मतलब था उसके बाद हम चाहे तो ड्रीम के लिए पूरी जिंदगी जी सकते हैं।

खैर हम दोनों ने खूब मेहनत की। आकृति ने 99.75% से 12th बोर्ड टॉप किया। और मैंने 95.20% से पापा को खुश किया। फिर जीएए में हमारा सिलेक्शन हो गया। कॉलेज में भी हमनें टॉप किया। आकृति की वजह से ही मैं भी टॉप कर पाई वरना ये सब मेरे बस की बात तो बिल्कुल नहीं थी!

हमारा ड्रीम वर्क भी साथ चलता रहा। हमारे फाइनल ईयर के परीक्षा भी हो गए थे। बस रिजल्ट आना बाकी था। मैंने अपना मास्टर गीत भी यूट्यूब पर डाल दिया और आकृति ने भी ओलिंपिक में जाने का सारा प्रोसेस कम्प्लीट कर लिया। अब वो ओलिंपिक में दौड़ने वाली थी।

9 घंटे 27 मिनट पहले हम बाज़ार गए थे। मां और आकृति रोड क्रॉस करके टैक्सी में बैठ गई। मैं भी सब्ज़ी लेकर उनकी तरफ जा रही थी कि अचानक एक ट्रक मेरी तरफ बहुत तेजी से आ रहा था। शायद ट्रक आउट ऑफ कंट्रोल था। आकृति मेरी तरफ दौड़ी। उसने मुझे धक्का देकर दूर करा और मैं सिर के बल एक पत्थर पर जा गिरी और मेरी आंखों के सामने आकृति का एक्सीडेंट हो गया।

आकृति खून से लथपथ सड़क पर गिरी हुई थी और मेरी आंखें धीरे धीरे बंद होने लगी। मां रो रही थी और मैं बेहोश हो गई।

अभी 2 घंटे 13 मिनट पहले मेरी आंख खुली तो मैंने देखा कि सभी रो रहे थे। डॉक्टर ने मेरे चेकअप के बाद बताया कि पत्थर पर गिरने से तेज चोट के कारण मेरे एमटीबीआई (हल्के दर्दनाक मस्तिष्क की चोट) हो चुकी है। इसलिए मेरा ऑपरेशन किया जाएगा। मैंने मां से आकृति के बारे में पूछा तो पता चला कि सिर पर गहरी चोट लगने के कारण वो हमें हमेशा के लिए छोड़कर चली गई। मां पापा पूरी तरह टूट चुके थे। रवि भैया उन्हें संभालने की कोशिश कर रहे थे। और मेरे लिए तो मेरा भगवान मुझे छोड़कर चला गया था। मेरे लिए आकृति ने अपनी जान गवां दी।

1 घंटे 3 मिनट पहले हमारा फाइनल ईयर का रिजल्ट आया। मैंने और आकृति ने टॉप किया था। 18 मिनट 42 सेकंड बाद रवि भैया एक लेटर लेकर आए।

आतिफ असलम का लेटर, मेरे लिए! जिसमें आतिफ असलम ने मुझे अपने साथ गाना गाने का निमंत्रण भेजा था। ये लेटर अभी मेरे हाथ में है।

अपने ड्रीम के पूरे होने की खुशी में मनाऊं या मेरी जिंदगी का मुझे छोड़कर जाने का दुःख !

डॉक्टर का कहना है कि ऑपरेशन के बाद में ठीक हो जाऊंगी लेकिन मैं ऑपरेशन थिएटर से जिंदा बाहर नहीं आना चाहती। और आऊं भी क्यों जब आकृति ही मेरी जिंदगी में नहीं है ! अब मेरे लिए मेरी इस जिंदगी और ड्रीम का कोई मतलब ही नहीं..!!

आकृति! मैं तुम्हें अपने सपने से भी ज्यादा प्यार करती हूं। तुम मेरी जिंदगी हो, मेरा सपना हो, मेरा सब कुछ हो। मुझे माफ़ करना। मां-पापा!

आकृति मैं आ रही हूँ।

तुम्हारी प्यारी बहन,

प्रकृति शर्मा

(आकृति शर्मा की बहन)।।

अक्सर मंजिलें उन्हें मिला करती है,
जिन्हें अपने सपनों के साथ-साथ
अपनों की भी कद्र होती है!
और अगर सपने सच भी नहीं हुए,
तो भी हम उस मुकाम पर होंगे,
जहां हमारे अपने साथ होंगे और
हम दुनिया की भीड़ से अलग होंगे
पर एक सुकून होगा,
इस दुनिया की भीड़ से अलग अपनों का साथ होगा,
हाँ, शायद ख्वाब ना होगें,
पर ख़्वाबों सा आशियाना होगा,
अपनों का साथ होगा।।
आर्ची अडवाणी सैनी..!!

www.ingramcontent.com/pod-product-compliance
Lightning Source LLC
Chambersburg PA
CBHW020854160726
47993CB00004B/1650